afgeschreven

Lieve knaagdiervrienden, een nieuw
MUIZENISSIG AVONTUUR
van
Geronimo Stilton

GERONIMO STILTON

THEA STILTON

BENJAMIN STILTON

KLEM STILTON

PATTY SPRING

PANDORA WOZ

HYENA

Tekst: Geronimo Stilton
Oorspronkelijke titel: Lo strano caso del ladro di Notizie
Omslag: Giuseppe Ferrario
Illustraties binnenwerk: Danilo Loizedda *(ontwerp)*, Christian
                             Aliprandi *(kleur)*
Kaarten: Archief Piemme
Vertaling: Loes Randazzo
Zetwerk: Sandra Kok | vormgeving & opmaak

© 2010 Edizioni Piemme S.p.A, Corso Como 15, 20154 Milaan, Italië
   www.geronimostilton.com
© Internationale rechten: Atlantyca S.p.A, Via Leopardi 8, 20123
   Milaan, Italië www.atlantyca.com - contact: foreignrights@atlantyca.it
© Nederlandstalige uitgave: bv De Wakkere Muis, Amsterdam 2013
   ISBN 978-90-8592-217-9   NUR 282/283

*Stilton is de naam van een bekende Engelse kaas. Het is een
geregistreerde merknaam van The Stilton Cheese Makers' Association
Wil je meer informatie ga dan naar www.stiltoncheese.com*

Geronimo Stilton

ROKFORDS RATTIGE RODDELPERS

VERSTOORDE
DROMEN

Ik was die middag echt ᴍᴏᴇ, maar ook zeer
tevreden. Wil je weten waarom? Ik zal
het je vertellen …

Laat ik me eerst even voorstellen: mijn naam
is Stilton, *Geronimo Stilton!* Ik geef
De Wakkere Muis uit, de meest gelezen krant
van Muizeneiland.

Heel goed …

Zoals ik al zei, was ik **tevreden,** zeer
tevreden! Alles liep op rolletjes. Mijn boeken
verkochten goed en de oplage van de krant ging
ook steeds verder omhoog.

Mijn laatst verschenen boek: *Kokende knagers*
(een kookboek dat ik samen met tante
Margarine had geschreven), stond in de
TOP TIEN van best verkochte boeken!
Maar ik was vooral blij omdat tante
Margarine me had uitgenodigd om
het *succes* te komen vieren. Ik
hoopte dat ze mijn lievelingsgerecht
voor me zou koken: lasagne met drie
soorten kaas!

Mmm, muizenissig lekker!

Als ik mijn ogen sloot kon ik de geur ervan al
ruiken ...

Maar opeens werden mijn dromen ruw
VERSTOORD toen de deur openzwaaide en
mijn secretaresse Miezelien binnen kwam
STORMEN ...

WAT EEN RAMP!

'We zijn geruïneerd, meneer Stilton!' riep Miezelien **OPGEWONDEN.** Ik probeerde haar te kalmeren: 'Miezelien, gi-ga-geitenkaas, rustig maar! Vertel eens, wat is er aan de poot! Zijn we soms **beroofd?'**

'Nee, erger!'

'Is de redactie **OVERSTROOMD?'**

'Veel erger!'

'Wat dan? Zijn we **FAILLIET?'**

'Bijna! Van *De Wakkere Muis* zijn vandaag maar **tien** exemplaren verkocht!'

Ik werd **LIJKBLEEK** en brulde in blinde paniek:

'PIEP? WIE, WAT, WAAR? MAAR TIEN EXEMPLAREN? DAN GAAN WE INDERDAAD FAILLIET! WAT EEN RAMP!'

Ik banjerde heen en weer door mijn kantoor
en deed mijn best om na te denken. Nu was
het Miezeliens beurt om mij te kalmeren. Ze
wapperde me met een krant wat koele lucht

Wat?!

Kop op!

Wat een ramp!

toe en zei geruststellend: '**Kop op,** meneer
Stilton, kop op!'
'Hier zit een luchtje aan!'
'Eh... ja, dat klopt, er zit inderdaad een LUCHTJE
aan ...' antwoordde ze. 'Wilt u het horen?'
'Nee, eigenlijk niet. Dit was wel genoeg **SLECHT
NIEUWS** voor vandaag!'
'Maar ik moet het u toch vertellen! *De Wakkere
Muis* is nauwelijks verkocht omdat ... alle lezers
DE RIOOLRAT hebben gekocht!'
Toen ik dat hoorde werd ik **DUIZELIG** en ik
moest snel gaan zitten om niet flauw te vallen.
Ik barstte in TRANEN uit.
'Dat kan toch niet! Waarom laten onze lezers
ons in de steek? Waarom DE RIOOLRAT?
Waarom? Waarom? Waarom?'
'Misschien hierom!' zei Miezelien, en ze liet me
de krant van Ratja Ratmuis zien.

DE RIOOLRAT

GISTEREN ONTDEKT, VANDAAG IN ONZE KRANT: ONDERAARDSE GROT MET PREHISTORISCHE TEKENINGEN

'Wij waren erbij!' zegt onze verslagknager Snor Snuffelrat. Lees alle details op pagina 2, 3, 4 en 5.

Gi-ga-fantastisch nieuws: in het hart van Rokford, de hoofdstad van Muizeneiland, werd gisteren een onderaardse grot ontdekt. In de grot bevinden zich vele goed bewaard gebleven prehistorische tekeningen die scènes uit het dage- lijks leven van een stam uitbeelden. Een ontdekking waarbij alle eerdere ontdek- kingen verbleken! De complete archeologi- sche en geschiedkun- dige wereld staat op z'n kop. Op dit mo- ment wordt de grot onderzocht, maar hij zal zeer binnenkort worden opengesteld voor het publiek.

Ik stond paf. Daar, op de voorpagina, stond in koeienletters **WERELDNIEUWS** aangekondigd! Ik begon te lezen en raakte zo in  het artikel verdiept dat ik de telefoon niet eens hoorde *rinkelen*.

Miezelien nam op.

'Meneer Stilton!' hoorde ik haar zeggen. '**Ratja Ratmuis** wil u spreken ...'

SCHADE EN
VERZINSELS

'Zeg maar dat ik er niet ben!' zei ik, want ik was het liefst in de lucht **OPGELOST.** Maar toen bedacht ik me; ik moest me sportief opstellen en mijn verlies waardig accepteren. Ik pakte de hoorn en probeerde zo zelfverzekerd mogelijk te klinken toen ik zei:

'Hallo Ratja, hoe gaat het?'

'Muizenissig goed! Vandaag hebben de Rokfordse stadsknagers eindelijk begrepen dat **MIJN** krant de beste is! *Wat ik je brom!* Heb je de verkoopcijfers gezien?'

'Ja, die heb ik gezien … eh… *gefeliciteerd!* Wat een muizenmazzel!' piepte ik schor.

Doen we grappig?

'Nee, mijn beste sufsnuit, dit heeft niets met mazzel te maken! Dit is journalistiek van de bovenste plank! Ik was op de juiste plek, op het juiste moment, en daar draait het om! *Begrepen?*'

'Tja, dat kan je wel zeggen, maar iemand moet je de juiste informatie op het juiste moment hebben gegeven …. Of woont jouw personeel soms onder de grond?'

'Wat zijn we toch weer GRAPPIG! Dit is nog maar het begin, Stilton! *Wat ik je brom!* Je zult nog raar op je snuit kijken!'

'Trouwens, wie is die SNOR SNUFFELRAT eigenlijk? Die naam ben ik nog nooit tegengekomen …'

'Dat was toevallig de beste nieuwsknager op de SSR, de *School voor Sappige Roddels!* En die heb ik mooi weten te strikken!'

'*School voor Sappige Roddels?* Bestaat die dan?'

'Ja, maar daar hoor jij duidelijk niet thuis!
Wat ik je brom! Dat is meer iets voor *jonge,*
DYNAMISCHE en DAPPERE journalisten! Zo
kom je aan je nieuws tegenwoordig, sufsnuit!'

'Ik ben heus geen sufsnuit, Ratja. Ik zal je eens wat
laten zien!' antwoordde ik beledigd. 'Vanaf morgen
kopen alle knagers gewoon weer *De Wakkere
Muis,* wacht maar af!'

'Dat denk ik dus niet! Morgen kopen ze gewoon
weer MIJN krant. Wil je weten waarom?
Omdat we morgen een
interview publiceren met
Von Fossilen, die alles zal
vertellen over de pas ontdekte
TEKENINGEN in de
onderaardse grot!'

'Karina von Fossilen?' vroeg ik verbaasd. 'De directrice van het Natuurhistorisch Museum? Maar die geeft geen interviews, nooit!'

'Het woord **NOOIT** ken ik niet! *Wat ik je brom!* Dat moet je nu toch wel weten Stilton!'

'Maar, hoe heb je dat dan voor elkaar gekregen?'

'Gewoon de goede **argumenten** gebruiken! Maar vraag je nu echt aan mij hoe jij je werk moet doen? Als je er meer over wilt weten, moet je morgen DE RIOOLRAT maar kopen! Tot ziens, sufsnuit!' gilde ze en ze hing op.

Daar stond ik dan, met hangende oren en staart ... Miezelien zag dat ik behoorlijk **AANGESLAGEN** was en deed haar best om me weer op te vrolijken. 'Kop op, meneer Stilton! We komen er wel weer overheen, heus wel ...'

Ik hoorde haar nauwelijks. Ik bleef maar

staren naar de grote |f||O||T||O| op de voorpagina van Ratja's krant, tot mijn oog plotseling op een paar **vreemde** details in de tekening viel.

Dat is vreemd...

AANWIJZING 1 ◄ - - - - - - ¬
WAT ZIJN DE VREEMDE DETAILS
DIE GERONIMO OPVIELEN IN DE
PREHISTORISCHE TEKENING
(ZIE PAGINA 13)?

VAN KWAAD
TOT ERGER

Ik begon net een beetje te bekomen van de schrik toen de telefoon weer begon te rinkelen. Het was opa Wervelwind. 'KLEINZOON!' tetterde hij in mijn oor. 'IK BETAAL JE NIET OM TE beschimmelen TIJDENS HET NIETS DOEN, OF DACHT JE SOMS VAN WEL?'

'Maar opa … jij betaalt me helemaal niet! Jij bent de uitgever niet meer, dat ben ik inmiddels!'

'JA, HELAAS HEB JE GELIJK, JIJ BENT NU DE UITGEVER! WANT ALS IK HET NOG WAS GEWEEST, HAD IK ME NOOIT AF LATEN TROEVEN DOOR DE RIOOLRAT!'

'Heb je het over het VOORPAGINA-

ARTIKEL van vandaag?'

'P-R-E-C-I-E-S! WAAROM STAAT ER NIETS IN OUW KRANT OVER DIE ONTDEKKING?'

'Tja, het was wat plotseling allemaal … en …'

'EN JIJ WIST ER NATUURLIJK WEER NIETS VAN AF? JIJ ZAT TE **PITTEN** EN NU HEEFT ZIJ DE PRIMEUR!?'

Grrr!

'Nee, opa … ik heb zo mijn twijfels …'

'JA, IK HEB OOK ZO MIJN TWIJFELS, KLEINZOON! BEN JIJ WEL DE **GOEDE** MUIS OP DE **GOEDE** PLEK?'

'Maar opa …'

'GEEN **GEMAAR!** KOM VAN JE LUIE STAART EN GA ONMIDDELLIJK AAN HET WERK! STUUR ER JE BESTE NIEUWSKNAGER OP AF, **begrepen!?** AAN HET WERK, **HUP, HUP,** JE BENT EEN

Stilton, bewijs dat dan ook maar eens!'

Hij had de hoorn al op de haak gesmeten voor ik ook maar iets kon terugzeggen.

Dat deed de deur dicht: nu had ik officieel een

IN ZINKING!

Mijn opa had gelijk: ik moest iets doen, in *ACTIE* komen, informatie verzamelen. Maar waarom zou ik erheen gaan? Ik ken Karina von Fossilen goed, die kon ik zonder probleem bellen.

Zij kon me vertellen hoe de vork in de steel zat!
Ik toetste haar nummer in, maar ik kreeg het
ANTWOORDAPPARAAT: *'Dit is het antwoord-*
apparaat van Karina von Fossilen. Ze is er
niet, ze is op reis, op expeditie door Mexico.
Ze zal zeker een maand wegblijven. Dringende
boodschappen kunt u inspreken na de piep …
piep!'
Vreemd …
Heel vreemd …

Heel vreemd …

Ratja vertelde dat Karina haar een
exclusief interview had gegeven
over de vondst van de grot.
Maar Karina zat in Mexico …
Gi-ga-geitenkaas, ik moest zo snel
mogelijk naar die GROT toe. Ik wilde tot op
de bodem uitzoeken wat er aan de POOT
was.

Ik bedacht net dat ik eerst mijn zus Thea moest bellen, toen de deur openzwaaide en er een grote GELE MOTOR ronkend mijn kantoor binnen kwam rijden …

'Hé, Gerrie! Heb je het *nieuws* al gehoord?' vroeg ze terwijl ze haar helm afzette.

SPRING MAAR
ACHTEROP, GERONIMO!

Ik mopperde: *'Gi-ga-geitenkaas,* Thea! Hoe vaak
heb ik nu al niet gezegd dat je niet met je motor
binnen moet komen **SCHEUREN?'**
'Kom op, Gerrie, niet altijd zo zeuren. Er zijn
veel **DRINGENDER** zaken waarover we ons
zorgen moeten maken! Kom op, spring maar
achterop, dan gaan we eens even kijken bij die
rotstekeningen die ze hebben ontdekt.
Iedereen heeft het erover! Ik heb
mijn **FOTOTOESTEL** bij me.'
'Maar Thea ... ik weet niet of het
wel **VERSTANDIG** is ...'
'Je gaat me toch niet vertellen dat je

BANG bent, hè Geronimo?'

'Nee, maar misschien … kan ik beter met de **BUS** gaan …'

'Met al die drukte op dit moment in de stad? Dan kom je aan als het **DONKER** is en zie je geen poot meer voor ogen! Opschieten, geen gezeur!'

Ik liet me overhalen en stapte achterop de motor, ook al zat het me totaal niet lekker: Thea rijdt prima, maar ze is nogal … hoe zal ik het zeggen, *roekeloos!*

Ik had mijn helm nog niet eens vastgesnoerd of ze scheurde er al vandoor.

Wat een rattenangst!

Ik hield haar stevig vast om niet te vallen en kneep mijn ogen dicht; ik durfde niet te kijken! Thea manoeuvreerde vaardig door het verkeer, terwijl mijn maag ↑op en neer↓ en ***HEEN*** en

WEER klotste. 'We zijn er!' riep Thea na een poosje.

Toen ik van de motor stapte, zag ik **GROEN** van ellende en mijn kop tolde alsof ik er net een ritje in de achtbaan op had zitten!

DUWEN
EN TREKKEN

'Alles in orde, Gerrie?' vroeg Thea
terwijl ze de motor op slot zette.
'Ach, op het TRILLEN van
mijn snorharen, het tollen
van mijn kop en het wild
KLOPPEN van mijn hart
na … gaat alles prima!'
Een grote menigte knagers verdrong zich om
een blik te kunnen werpen op de prehistorische
GROTTEKENINGEN.
Thea riep: 'Ik ga FOTO'S maken. We zien
elkaar over een half uurtje!'
Ik wilde achter haar aan gaan en begon me door

de menigte te wurmen, maar bij mijn
eerste poging had ik al een flinke
STOMP op mijn snuit te pakken.
Daarna stak er iemand zijn poot
in mijn **OOG ...**
En een of andere
kleerkastknager met
een **KNALGEEL**

shirt ging op mijn staart staan.
'AU!' gilde ik.
De knager protesteerde:
'Jij daar! Kijk
eens uit je
doppen!
Zie je niet dat je je
STAART onder mijn
poten legt?'
'Het was *jij* anders die ...

maar … maar … Klem ben jij dat?' riep ik.

'Hé, neefje van me! Wat doe jij hier?'

'Ik wil die beroemde tekeningen weleens zien!'

'Gaat niet lukken. Ik ben hier al een
halfuur en nog geen meter opgeschoten!
Misschien als jij me op je schouders neemt, dan
kan ik over de menigte heen gluren. Wat vind je
ervan, neefje?'

'Ik denk er niet aan. Je bent veel te **ZWAAR!'**

'Wij niet, wij zijn *licht!'* piepten twee stemme-
tjes die ik maar al te goed kende.

'Benjamin! Pandora! Wat doen jullie nu weer
hier?'

TWEE PRACHTIG
BLAUWE OGEN

Even later stond Benjamin op de schouders
van Klem en klauterde Pandora op de mijne,
waarbij ze zich **VASTGREEP** aan mijn oren en
snorharen. Ik gilde het uit van de pijn, en zij
van enthousiasme.

'**Wat mooi, oom G!**

Ik kan alles super goed zien!'

'AU! PANDORA STA STIL!'

Het volgende moment werden we bijna
omver gelopen door twee **ENORME**
kleerkastknagers in donkere pakken, die
bruut richting de grot marcheerden. 'Aan de

kant!' riepen ze, en ze maakten zich extra
breed. Tussen hen in liep een ranke knagerin
die haar snuit achter een sjaal en een grote
ZONNEBRIL verborg.

Ze kwam me bekend voor ...

Maar voordat ik haar beter kon bekijken, gaven
haar begeleiders ons een enorme zet en duikel-
den we alle vier *ACHTERDVER* op de grond!

Klem sputterde: 'Nou ja zeg, wat een rattenkunsten! Dat zijn toch geen manieren? Weten jullie wel wie ik ben? Ik ben de neef van *Geronimo Stilton!*'

Toen ze dat hoorden, draaiden de kleerkastknagers zich met een ruk om.

Ook de **MYSTERIEUZE** knagerin keek om. Heel even tuurde ze over haar zonnebril heen en keek me met haar blauwe **OGEN** indringend aan. Geen twijfel mogelijk … die ogen kende ik!

Maar er klopte iets niet …

AANWIJZING 2

WIE IS DE MYSTERIEUZE KNAGERIN?

DIT ZAAKJE
STINKT!

Op dat moment kwam Thea terug. 'Dit heeft
geen zin, ze laten er **NIEMAND** door!
Behalve die knagerin met die enorme zonnebril,
zij is in de grot geweest. Ik heb een paar
FOTO'S van haar gemaakt ... Weet iemand
wie het is?'
'Ik denk dat ik het weet, ik vertel het jullie later
wel. Er is hier iets **vreemds** aan de poot!'
antwoordde ik.
We gingen met z'n vieren terug
naar het kantoor van
De Wakkere Muis,
maar dit keer nam

ik met Benjamin en Pandora
een **TAXI** en ging Klem bij
Thea achterop de **MOTOR.**
Thea zette haar foto's op de
computer en toen wist ik het
zeker: de **MYSTERIEUZE**
knagerin was …

KARINA VON FOSSILEN!

Ik vertelde over het bericht
op haar antwoordapparaat.
Benjamin zei: 'Dat is raar! Er wordt een
onderaardse grot ontdekt en onze beroemde
wetenschapsknagerin vertrekt naar Mexico …'
'… en in werkelijkheid ging ze niet, maar dat
mag **niemand** weten!' ging Pandora
verder.

'Ze gaat naar de **GROT** maar wil niet herkend worden ...' vulde Thea aan.
'... maar ze geeft wel een exclusief interview aan De Rioolrat. **DIT ZAAKJE STINKT!**'
maakte ik het verhaal af.

EEN ONVERWACHT CADEAUTJE

De volgende dag stond heel Rokford in de rij voor de **KRANTENKIOSK,** ze wilden allemaal DE RIOOLRAT kopen om het interview met Karina von Fossilen te lezen.

Mijn snorharen trilden van woede!

Het enige wat ik kon doen, was een artikel

Oef!

Wat een rij!

O...

Ik hoorde ...

Grrr...

Ja, ja!

plaatsen onder de kop:

PREHISTORISCHE TEKENINGEN IN MYSTERIEUZE NEVELEN GEHULD!

Maar de knagers waren helemaal niet
geïnteresseerd in mijn twijfels, en aan het
einde van de dag was het verkoopresultaat nog
ERGER dan de dag ervoor!

Miezelien kwam schuw mijn kantoor binnenlopen: 'Meneer Stilton … eh… ik heb hier de
VERKOOPCIJFERS van vandaag.'

Snel verstopte ik DE RIOOLRAT (ja, ik beken:

ook ik wilde het interview graag lezen!), pakte
het overzicht aan en zag … dat er die dag maar
5 exemplaren van *De Wakkere Muis* waren
verkocht! **WAT EEN RAMP!**
Op dat moment ging de telefoon. Wie zou het dit
keer zijn? **Ratja?** Of erger nog: **OPA?**
Ik besloot niet op te nemen en zette het
ANTWOORDAPPARAAT aan.

'Geronimo, ik ben het, Karina von Fossilen.
Ik heb je artikel gelezen en ik moet bekennen
dat je helaas gelijk hebt. Lees snel het artikel
op pagina 34 van DE RIOOLRAT, dan zul je
begrijpen waarom ik aan dat nepinterview heb
meegewerkt. Probeer me alsjeblieft te begrijpen!'

Toen ik het **BERICHT** hoorde nam ik snel de
hoorn op, maar Karina had al opgehangen.

Wel alle katten met een kater! Ik had gelijk! Aan dit zaakje zat een luchtje! En Karina von Fossilen werd erin meegesleurd!
Ik bladerde **SNEL** naar pagina 34 van Ratja's krant en zag het in één oogopslag:

NATUURHISTORISCH MUSEUM VAN ROKFORD VAN DE ONDERGANG GERED

Een knager die onbekend wenst te blijven, schenkt het museum, dat anders zijn deuren had moeten sluiten, een grote som geld voor het restaureren van de oude zalen.

Nu vielen alle puzzelstukjes op hun plaats, zelfs de naam van de anonieme gever!

AANWIJZING 3 ◀- - - - - - -

WIE IS DE MYSTERIEUZE SCHENKER DIE DE RESTAURATIE FINANCIERT?

WIE ZAL
DAT BETALEN?

Ik luisterde naar de **TWEE** overige berichten die op het antwoordapparaat stonden. Zoals ik al vermoedde, waren ze ingesproken door …

① OPA WERVELWIND:

'NEEM JE NU ZELFS DE TELEFOON AL NIET MEER OP? WAKKER WORDEN, KLEINZOON! GENOEG GESLAPEN EN GESUFT! IK HEB HET BEDRIJF MET MIJN BLOED, ZWEET EN TRANEN OPGEBOUWD EN LAAT HET NU NIET DOOR JOU KAPOT MAKEN! DOE IETS, LAAT ZIEN DAT JE EEN STILTON BENT, EN NIET EEN OF ANDERE DOOR DE RATTEN BESNUFFELDE DERDERANGSKNAGER!'

② RATJA RATMUIS:

'Wat ik je brom! Je neemt niet eens meer op! Heb je het opgegeven? Eindelijk zijn de knagers van Rokford wijs geworden en lezen ze dat niet zo wakkere krantje van jou niet meer! DE RIOOLRAT is nu de meest gelezen krant van Muizeneiland! En morgen? Morgen trillen je snorharen opnieuw van de primeur op onze voorpagina! Wil je een gratis exemplaar? Je zult namelijk wel geen geld meer hebben, nu je bedrijf binnenkort failliet gaat!'

Ja, nu zat ik echt in een dip.

En tot overmaat van ramp kwam mijn neef Klem ook nog **BINNENSTORMEN**. 'Hé, neefje! Kop op! Ik wist dat je dit niet zou trekken, dus ben ik gekomen om samen iets te gaan ETEN.'

'Jij nodigt mij uit?'

'Ja! Maar jij betaalt natuurlijk! HAHAHA!'

'Ik had het kunnen weten! Nee, dank je, ik heb geen honger!'

'Maar dat zal je **GOED** doen, je moet er even uit', zei Thea die net kwam binnenlopen.

'KOM OP, ik nodig jullie alle twee uit! Eigenlijk alle vier, ik heb net Benjamin en Pandora al gevraagd.'

IK BEN SNOR
SNUFFELRAT

Omdat Thea weet dat *De Gouden Kaassliert*
een van mijn **favoriete** restaurants is, had ze
daar een tafeltje gereserveerd. Ik voelde me al
iets beter toen we het restaurant binnen liepen:
het was er rustig, met gedempt licht en een zacht
MUZIEKJE ...

Toch waren er een paar kleine dingetjes die me
stoorden ...

1 Klem stortte zich UITGEHONGERD
op het stokbrood, deed zijn bestelling met volle
snuit en bestelde zo ongeveer de hele menukaart!

2 De drie knagers aan het tafeltje naast ons
waren wel erg **NIEUWSGIERIG!** Een

knagerin die me af en toe uitdagend aankeek,
een magere knager die zwijgzaam op zijn voedsel
kauwde en een **KUIFKNAGER** die
geen moment zijn snater hield. Hij piepte met
DICHTGEKNEPEN snuit, zo klonk het. Zelfs als
je niet wilde luisteren, hoorde je alles wat hij zei.
'Kijk, beste Knaap, regel 1 in de **SAPPIGE
SCHRIJVERIJ**: GRIJP HET
NIEUWS VOORDAT ANDEREN HET
DOEN, EN HEB JE GEEN NIEUWS:
VERZIN DAN WAT!'
'Ja, daarin ben jij een ware
uitblinker, Snuffelrat!'
Toen ik die naam hoorde,
VERSLIKTE ik me in een slok water.
Klem reageerde meteen en KLOPTE een paar
keer flink op mijn rug.
Gelukkig kwam Thea tussenbeide. 'Hou op, daar

kan Geronimo niet tegen, dat weet je!'

Ik hapte nog naar ADEM toen de kuifknager
opeens voor me kwam staan en zijn poot uitstak:
'Meneer Stilton? Ik ben Snor Snuffelrat, de
BESTE *Sappige Schrijver!* Ik wed dat je
mijn naam de laatste dagen weleens bent
tegengekomen?!'

'EH... JA, HELAAS WEL ...' antwoordde
ik terwijl ik me probeerde te herstellen.

'Ik wil je graag aan mijn collega's voorstellen:

Knaap Knulknager en Charlotte Sjarmant.'
In de war van de uitdagende blikken van de
knagerin, stotterde ik: 'P-prettig k-kennis te
m-maken ...'
'Het spijt me erg als ik je het leven ZUUR heb
gemaakt de laatste dagen, Stilton. Maar het zit
zo: ik ben van de *nieuwe* stroming journalisten
en jij ... van de *oude.*'

'Dus de nieuwe journalistiek is een kwestie van **VERZONNEN** verhalen brengen alsof ze waar zijn?' vroeg Thea, die snel voor me opkwam.
'Kijk, juffie, nieuws wordt niet verdeeld in **WAAR** of **NIET WAAR,** maar in *sensationeel* of *oninteressant.* En ik ben alleen geïnteresseerd in sensationeel nieuws!'
'Ja, zoals de prehistorische **GROTTEKENIN-GEN?'** vroeg Thea en ze keek hem diep in de ogen.
'Dat was een MAZZELTJE ... en laten we hopen dat het niet het laatste was. Ik weet zeker dat er ergens anders alweer voorpaginanieuws op me wacht. Wedden?'
Op dat moment klonk er een luide en **IRRITANTE** beltoon door het restaurant.

'Ja?' antwoordde Snuffelrat in een fel schitterend verguld mobieltje. 'Ja, ik ben het … Heus? Weet je het zeker? Muizenissig!'

'CARAMBA! We hebben alweer een primeur! Mijn informanten vertelden me zojuist dat er een grote roofoverval heeft plaatsgevonden in een kaasfabriek! Zie je, Stilton? Het nieuws komt me **AANGEWAAID!** Maar je moet me verontschuldigen, ik moet naar de krant.'

Ik keek peinzend op mijn **HORLOGE** en zag dat het tien uur was, klokslag!

DOORGESTOKEN KAART?

'Wakker worden, neef!' wekte Klem me luidruchtig uit mijn overpeinzingen. Benjamin zei: 'Deze keer heeft Snuffelrat het **NIET SLIM** aangepakt, oom Geronimo … Hij heeft je het nieuws op een *PRESENTEERBLAADJE* aangeboden: de roofoverval op een kaasfabriek! Even bellen of het klopt en …'

'Maar er zijn wel vijftig **KaasFaBRieKen** in Rokford! Hoe weten we welke het is?' bromde ik.

Thea was het met me eens. 'Je hebt gelijk, Geronimo, het duurt uren voor we dat weten!'

Op dat moment bromde Klem op **geheim**-

zinnige toon: 'Ik ken een paar knagers, hier in de haven, die kunnen ons misschien wel een pootje helpen.'

Hij pleegde vlug een paar **TELEFOONTJES** en zei toen: 'Geen melding van een roofoverval, op welke kaasfabriek dan ook, in de verre omgeving!'

Ik geloofde mijn oren niet: 'Niemand weet iets?'

'Nee, helemaal niks! TEVREDEN?'

'Nu weten we nog niets en dan vraag je of ik

 ben?'

Maar Benjamin maakte een slimme opmerking:

'Dat is niet waar, we weten wel iets, oom

Geronimo. We weten dat er

roofoverval was!'

Opeens drong het tot me door: 'Maar ... maar ...

maar dan is het doorgestoken kaart, **VALS**

voorpaginanieuws!'

EEN RUSTELOZE NACHT

Die avond had ik een vreemd voorgevoel,
en ik sliep **SLECHTER** dan ooit.
Sterker nog, ik deed zowat geen oog dicht!
Om **ÉÉN UUR** schrok ik wakker omdat ik
dacht dat ik iets HOORDE ...

Help!

Ik stond op en keek of alles in orde was, daarna ging ik weer naar bed en probeerde opnieuw in slaap te vallen …

2.00

Om **twee UUR** scheurden er een paar politieauto's met loeiende **SIRENES** door de straat. Maar toen ik uit het raam keek, zag ik niets.

Om **drie UUR** ontwaakte ik uit een muizenissige **NACHTMERRIE**: een gigantisch **KUIFMONSTER** zat achter me aan door de straten van Rokford!

3.00

Om **vijf uur** werd ik weer wakker uit een **AKELIGE** droom: mijn wekker ging af en terwijl ik die probeerde uit te zetten, roofde Klem mijn **KOELKAST** leeg ...

Opeens drong het tot me door dat het geluid dat ik in mijn droom gehoord had in werkelijkheid mijn telefoon was. *Gi-ga-geitenkaas,* wie was er zo gek om op dit tijdstip te bellen?

WIE GELOOFT
JOU NOU NOG?

Tja, wie belde me om vijf uur in de ochtend?
Opa Wervelwind natuurlijk!

'KLEINZOON, JE HEBT JE LATEN
AFTROEVEN! **OPNIEUW!**'

'Maar ... waar heb je het over?'
vroeg ik, en wist even niet waar ik
was.

'ZEG NU NIET DAT JE DE **kranten**
NOG NIET HEBT GELEZEN?'

'Maar, opa ... hoe laat is het?'

'STEL NIET UIT WAT JE *NU* KUNT DOEN! LUISTER:
"De grootste kaasroof aller tijden in Rokford.
De Knager Kaas fabriek werd de afgelopen

nacht finaal leeggeroofd, geen brokje kaas bleef achter!" DE RIOOLRAT HEEFT DUS WEER EEN PRIMEUR!'

'DAT KAN HELEMAAL NIET ...' mompelde ik ongelovig.

'HOEZO, WAT KAN NIET? DAT JIJ JE DE KAAS VAN HET BROOD LAAT ETEN? JE LAAT AL HET **VOORPAGINANIEUWS** AAN JE SNUIT VOORBIJGAAN!'

'Maar deze keer niet ... Ik heb het gecontroleerd!'

'Ik zeg je, kleinzoon! Nog zo'n FOUT en je vliegt eruit! Duidelijk?'

'Maar, opa ... ik ben de directeur ... je kunt me niet ontslaan!'

'Dat zullen we nog weleens zien! Pas jij maar op! In plaats van in je bed te liggen kun je beter achter het nieuws aan gaan! Nieuws komt niet vanzelf aanwaaien! EROPUIT!'

Ik liet me achterover vallen in de kussens en sloot mijn ogen: ik zat diep in de put!

Waarom had ik Klem zomaar geloofd ... met zijn "BETROUWBARE" bronnen?

RATTENRAP
VERGADEREN

Toen ik op kantoor aankwam, was de redactie in
REP EN ROER. Iedereen wilde me vertellen
wat ik al wist.

'Meneer Stilton, heb je de **voorpagina** van
DE RIOOLRAT gezien?'

'Meneer Stilton, onze lezers willen weten
waarom *De Wakkere Muis* niets schrijft over de
BEROVING.'

'Meneer Stilton, gisteren en vandaag hebben
al honderden lezers hun ABONNEMENT
opgezegd!'

'Meneer Stilton, heb je de verkoopcijfers gezien?'

'HOU OP!' gilde ik wanhopig. 'Iedereen gaat

weer aan het werk. Doe alsof er **NIETS** is
gebeurd. Het gaat goed komen, net als altijd,
geloof me.'
Ik pakte DE RIOOLRAT en sloot
me op in mijn kantoor. Als eerste
BELDE ik mijn zus Thea.
'Wat ben jij vroeg aan het werk, Geronimo!'
'Kom rattenrap naar kantoor, we moeten vergaderen!' riep ik.
Toen **BELDE** ik Klem, maar zijn antwoordapparaat stond aan: *'Hallo vrienden! Ik lig*
lekker te slapen! Bel over een paar uur nog
maar eens terug!'
Ik sprak in: 'Geen roof binnen een straal van
50 kilometer, zei je toch? Heb je DE RIOOLRAT
al gezien?'
Toen besloot ik eerst het **ARTIKEL** maar eens
te lezen op de voorpagina van Ratja's krant.

Wat een snortriller!

Ik zat net aandachtig te lezen, op zoek naar **aanwijzingen,** toen er op de deur werd geklopt.

'Wat is er nu weer gebeurd?' vroeg Thea terwijl ze binnenkwam.

Zonder te antwoorden gaf ik haar de **KRANT.**

MIJN NEEFJE ...
EEN GENIE!

Thea wierp een blik op de voorpagina ...
krabde aan haar snuit en zei: 'En toch stinkt
dit zaakje!'

'Het is Klems schuld, ik had niet naar hem
moeten luisteren: die OVERVAL heeft dus
wel degelijk plaatsgevonden en ik sla een flater!'
mopperde ik.

'En toch stinkt dit zaakje!'

'Hè ... wat bedoel je?'

'Het is maar een GEVOEL ...'

Helaas was het gevoel van Thea niet voldoende
om te bewijzen dat dit een van Snuffelrats
verzonnen **verhaaltjes** was.

DE RIOOLRAT

FABRIEK VAN KAASKNAGER TOT DE LAATSTE KRUIMEL LEEGGEROOFD!

'Wij waren erbij!' Vannacht heeft de grootste roofoverval ooit op Muizeneiland plaatsgevonden! De beroemde Knager Kaas fabriek was het doelwit.

zegt onze misdaadverslaggever Snor Snuffelrat. Kijk snel naar de foto's op pagina 2, 3 en 4.

'Toen ik midden in de nacht het alarm van het pand grenzend aan mijn appartement hoorde afgaan, wist ik onmiddellijk dat het mis was', vertelde Kaasknager, de eigenaar van de fabriek. 'Het was rond middernacht. Ik was diep in slaap en het alarm rukte me uit mijn dromen! Ik heb onmiddellijk de politie gebeld, maar toen die arriveerden was de hele fabriek al leeg.'

We hadden sluitend bewijs nodig!

De **TELEFOON** ging en ik schrok op uit mijn
gedachten.

Triiiiiiiiiiiiiiiiinnnnnnnnnngggg!!!!

'Hallo?' antwoordde ik in de verwachting dat ik
opa's getetter weer in mijn oren zou krijgen.
Maar in plaats daarvan hoorde ik het *stem-*
metje van mijn neefje Benjamin.
'Hallo oom, ik ben in het park, op weg naar
school met Pandora. Heb je DE RIOOLRAT
gelezen?'
'Helaas wel ja, het is een **RAMP!** Thea is hier
al voor spoedoverleg!'
'Helemaal geen ramp! Juist niet! Zet me even op
de **SPEAKER,** dan kan tante Thea het ook
horen.'
Ik zette de speaker aan en Benjamin klonk luid

en **DUIDELIJK** door mijn kantoor. 'Deze keer heeft Snuffelrat zich **BESNUFFELD!** Pak de krant eens en lees hoe het artikel begint, **VALT JE NIETS OP?**'

Met tegenzin pakte ik de krant weer op en begon hardop voor te lezen.

'Toen ik midden in de nacht het alarm van het pand grenzend aan mijn appartement hoorde afgaan, wist ik onmiddellijk dat het mis was,' vertelde Kaasknager, de eigenaar van de fabriek.

Benjamin DRONG AAN: 'Verder lezen, oom Geronimo, verder lezen!'
Ik las gehoorzaam verder.

'Het was rond middernacht. Ik was diep in slaap en het alarm rukte me uit mijn dromen! Ik heb onmiddellijk de politie gebeld, maar toen die arriveerden was de hele fabriek al leeg.'

Thea sprong op en riep: **'MAAR DAT KAN HELEMAAL NIET!** Snuffelrat wist het al eerder!'

Ik was in de **WAR.** 'Hoe weet je dat?

KAN IEMAND HET ME EVEN UITLEGGEN ALSJEBLIEFT?'

Maar Thea ratelde al verder: 'Klems vrienden zeiden ook dat er geen *OVERVAL* was gemeld ...'

'Precies, tante Thea! Toen oom Klem zijn vrienden belde was er ook nog helemaal geen *OVERVAL* geweest!' bevestigde Benjamin.

Ik snapte er nog steeds geen snars van en vroeg opnieuw:

'LEG HET ME DAN UIT ALSJEBLIEFT!'

'Oom Geronimo, weet je nog hoe laat het was toen Snuffelrat werd gebeld?' vroeg Benjamin.

Ik dacht even na en riep toen:
'NATUURLIJK! *Gi-ga-geitenkaas,* jullie hebben gelijk!
Snuffelrat heeft alles uit zijn poot gezogen!'

AANWIJZING 4

WAAROM DENKT GERONIMO DAT SNUFFELRAT ALLES UIT ZIJN POOT HEEFT GEZOGEN?

PROFESSIONELE CRIMINELEN?

Ik bedankte Benjamin en Pandora en hing op.
VERWARD vroeg ik aan Thea: 'En wat als
Kaasknager liegt? Misschien hebben ze dit wel
met elkaar afgesproken?!'
Thea **grinnikte**. 'Dan hebben ze het **niet
goed** afgesproken!'
Ik dacht hardop: 'Maar als de **OVERVAL**
om middernacht plaatsvond, wil dat zeggen
dat de vrienden van Klem gelijk hadden …
Tot op dat moment was er geen sprake van
een **OVERVAL!'**
'Als je dat maar weet! Natuurlijk hadden
mijn vrienden gelijk!' hoorde ik onverwachts

de stem van Klem **piepen**.

'Eh… ik denk dat ik je mijn excuses moet
aanbieden.'

'Ach, laat maar, neef! Je neemt me **ZEVENEN-
VEERTIG** keer mee uit eten en we hebben het
er nooit meer over!' zei hij, en hij trok snel
DE RIOOLRAT uit mijn poten en nestelde zich in de
luie stoel.

'WAT ZONDE!' mompelde hij. 'Wie weet waar
al die kaas gebleven is.'

Ik riep: 'Hou je snuit, Klem! Ik probeer na te denken!'

'Denk jij maar diep na, KNAPPE KOP! Ondertussen zijn die vijftig ton kaas ergens naartoe onderweg! Maar waarheen?'

'Dat zullen we nooit weten! Dit waren professionele dieven,' zei ik.

Klem verdiepte zich in de FOTO op de voorpagina en zei: 'Professionele criminelen laten niet zulke duidelijke SPOREN achter!'

Thea vroeg nieuwsgierig: 'Waar heb je het over?'

'Kijk, daar: echte beroepscriminelen laten niet zulke modderige POOT afdrukken achter.'

Thea boog zich over de FOTO: 'Laat me eens kijken? Hmm, er staan niet alleen pootafdrukken op, maar nog twee zeer INTERESSANTE

aanwijzingen! Kijk jij eens, Gerrie …'
Toen ik zag wat Thea bedoelde, wist ik dat we het bewijs van BEDROG hadden gevonden!

AANWIJZING 5 ← - - - - - - ┐

ZIE JIJ DE AANWIJZINGEN DIE THEA BEDOELT?

BLA BLA
BLA …

'Ik weet hoe we Snuffelrat op heterdaad kunnen betrappen!' zei **Klem.**

Argwanend vroeg ik: 'Wat ben je van plan, Klem?'

'Mijn vriend Smiespel Zwendel vertelde me dat hij had gehoord van de ZUS van een van zijn klanten, dat een **zwager van haar tante** hoorde dat de **man van haar oma,** die het ook weer hoorde van een **aangetrouwde neef,** die het op zijn beurt weer hoorde van een *goede kennis,* dat iemand …'

Ik onderbrak hem: 'Hou op! Mijn kop TOLT!

Even in het kort: weet je iets of niets?'

Klem begon opnieuw, heel **GEHEIMZINNIG**:

'Het schijnt, of het is wel zeker, dat onze

Snuffelrat gisteren gezien is in de haven …'

'Echt? Door wie?'

'Door de **partner van een neef van mijn**

beste vriend zijn baas, die een groot

bedrijf runt in motorbotenverhuur en die tegen

zijn **tante** zei …'

'Nee, niet weer zo'n lang verhaal! Vertel nu maar wat Snuffelrat daar in de haven te zoeken had.'

'Het schijnt dat hij voor vannacht een boot heeft gehuurd!'

'Een boot? Voor wat?'

'Dat gaan we nu dus UITZOEKEN!' riep Thea.

'Wij gaan vannacht naar de haven! Ik huur voor de zekerheid ook een boot. Wie weet komt dat nog goed van pas!'

'Ga je ook mee, neef?' vroeg Klem *OPGEWONDEN*.

'Ik weet niet of dat wel zo slim is, als we het niet **ZEKER** weten. Misschien is het beter als ik op de redactie blijf, om te kijken of hier alles goed gaat ...'

'NIETS GAAT HIER GOED, KLEINZOON!' hoorde ik plotseling opa Wervelwind **BULDEREN.** Hij kwam binnenstormen en hield een exemplaar van *De Wakkere Muis* onder mijn snuit.

'Het gaat belabberd! Weet je hoeveel exemplaren er vandaag van mijn krant zijn verkocht?'

'HET IS **JOUW** KRANT NIET MEER, HET IS NU **MIJN** KRANT!'

Maar opa hoorde niets en tetterde gewoon verder: 'DRIE! DRIE EXEMPLAREN! EN TWEE DAARVAN HEB IK GEKOCHT! WAAR WACHT JE OP! WORD TOCH EENS WAKKER! KIJK NAAR JE ZUS EN LEER! ZIJ IS ALTIJD OP JACHT NAAR VOORPAGINANIEUWS!'

Ik wilde mezelf verdedigen, maar de telefoon ging alweer.

Het gaat belabberd!

Slik!

WILHELMUS WERVELWIND, OFWEL TORNADO

Opa Wervelwind graaide **RATTENRAP** de
telefoon voor mijn snuit weg en nam op: 'Hallo?
Wie is daar? Wat wil je?'
Tot overmaat van ramp was het uitgerekend
Ratja Ratmuis die belde.
Zonder dat opa het merkte, drukte Thea
op de knop van de **SPEAKER**
en Ratja's stem schalde door mijn
kantoor.
'Ik ben het, *wat ik je brom!* Ben
je zo **VAN SLAG** dat je niet eens
meer fatsoenlijk de telefoon kunt opnemen,
Geronimo? Zeg maar dag tegen je krantje!'

'LAAT IK ALLEREERST EVEN DUIDELIJK STELLEN
DAT JE MET WILHELMUS WERVELWIND SPREEKT, DE
OPRICHTER VAN DEZE KWALITEITSKRANT,
ALTHANS TOT MIJN KLEINZOON AAN
HET BEWIND KWAM.'

'Dat ben ik met je eens! Die
kleinzoon van jou is niet echt
WAKKER! *Wat ik je brom!*'

'HOE HAAL JE HET IN JE KOP ZO OVER
MIJN KLEINZOON TE PIEPEN? DAT MAG ENKEL EN
ALLEEN IK! BOVENDIEN, VOOR WAT BETREFT DE
KRANT GEDAG ZEGGEN, DAAROVER IS HET LAATSTE
WOORD NOG NIET GESPROKEN!'

'Dat denk jij maar! Jij en je suffe kleinzoon
hebben jullie tijd gehad! Ik ben de toekomst!'

'DAT ZULLEN WE NOG WELEENS ZIEN!'

'Doe wat je niet laten kunt! *Wat ik je brom!*
Maar zeg tegen Geronimo dat hij morgen DE

RIOOLRAT koopt: dan kan hij nog wat leren! Goedendag!'

'HALLO? HALLO? DAT HEEFT NOG NOOIT IEMAND ME GEFLIKT, EENVOUDIG OPHANGEN! ONDERMAATSE RIOOLRA…'

Opa Wervelwind **BRULDE** zo hard dat hij niet in de gaten had dat er nog steeds GELUIDEN klonken uit de hoorn.

Thea gaf een teken dat hij stil moest zijn en dat deed hij (waarom luistert hij wel naar haar, maar nooit naar mij?).

Klem giechelde: 'Hihihi, ze heeft de hoorn er niet goed …'

Thea *SLOEG* haar poot voor zijn snuit. We hoorden iemand nasaal piepen aan de andere kant van de lijn: 'Hé baas, vannacht. In de haven.'

'Perfect! *Wat ik je brom!* Weer een **PRIMEUR** voor DE RIOOLRAT! We zullen dat krantje van Geronimo eens even om zeep helpen, voor eens en altijd! *Wat ik je brom!* Knap werk, Snuffelrat!'

'Bedankt, baas!' antwoordde de nasale pieper.

We **KEKEN** elkaar aan: dat bericht over het huren van een motorboot was dus waar …

Wat waren ze nu weer aan het bekokstoven?

STEL NIET UIT WAT JE NU KUNT DOEN!

Ik was niet van **plan** die avond met Thea mee te gaan naar de haven, maar Klem begon me belachelijk te maken: 'Je bent ook zo'n ｗａｔｊｅ! Wees maar niet bang hoor, neefje, ik zal je wel beschermen!'

Opa Wervelwind **BRULDE:** 'IK ZEI TOCH AL, KLEINZOON, STEL NIET UIT WAT JE NU KUNT DOEN! OF ZOALS HET SPREEKWOORD LUIDT: ꜱＴＥＬ ꜱＩＥＴ ＵＩＴ ＴＯＴ ㎦ＯＲＧＥꜱ ＷＡＴ ＪＥ ＶＡꜱＤＡＡＧ ＫＵꜱＴ ＤＯＥꜱ. GA ONMIDDELLIJK ACHTER HET NIEUWS AAN, ZOALS JE ZUS DOET!'

Thea deelde me droog mee:

'① Ik kom je halen zodra het donker is!

② Trek iets warms aan, het is koud!

③ Laat me niet wachten!'

Gi-ga-geitenkaas! Waarom vertelde iedereen me altijd wat ik moest doen?

PIEKEREND liep ik naar huis. Voor mijn voordeur wachtte me een **VERRASSING.**

'Tante Margarine! Wat doe jij hier?'

'Hallo, Geronimo! Ik wacht op jou. Ik heb een

schaal lasagne voor je meegebracht, om je een beetje **OP TE BEUREN!**'

'Je bent een tante uit duizenden!' zei ik ontroerd.

We gingen naar binnen en ik dekte snel de tafel, waarna tante Margarine me een heerlijk bord lasagne voorschotelde, haar **SPECIALITEIT**. Ze spoorde me aan: 'Proef maar, Geronimo, het zal je goed doen! Het is een nieuw RECEPT, ik noem het: acht-lagenlasagne!'

EERSTE LAAG: gorgonzolacrème

TWEEDE LAAG: geitenkaas met olijven

DERDE LAAG: mascarponeschuim

VIERDE LAAG: gesmolten kaas

VIJFDE LAAG: driedubbele roomsaus

ZESDE LAAG: geklopte gruyère met sesam

ZEVENDE LAAG: kaassaus met rode peper

ACHTSTE LAAG: bechamelsaus

Ik proefde een portie van deze heerlijkheid en …
Bij de **eerste** hap sloot ik verrukt mijn ogen!
Bij de **tweede** droomde ik dat ik vloog!
Bij de **derde** hoorde ik klokken luiden, zo hard
dat mijn huis ervan begon te schudden!
'Tante Margarine! Je bent geen keukenprinses,
maar een keukenkoningin!'
Ik was zo druk met het prijzen van mijn tante dat
ik niet eens hoorde dat er werd aangebeld.

WE WORDEN GEVOLGD!

De eerste die aankwam was Klem, die natuurlijk een stuk wilde proeven. Had hij de **LASAGNE** van ver geroken?

Daarna kwamen Benjamin en Pandora: 'Hallo, oom G, we komen even bij je op bezoek. Morgen is het zaterdag en hoeven we niet naar SCHOOL!'

En ook zij schoven aan voor een portie.

Als laatste arriveerde Thea, die zodra ze binnenkwam riep: 'Wat ruikt het hier lekker!'

'Neem gerust een stukje!' zei tante Margarine tegen haar. 'Er is **genoeg** voor iedereen!'

Na een flinke portie van tantes acht-lagen-

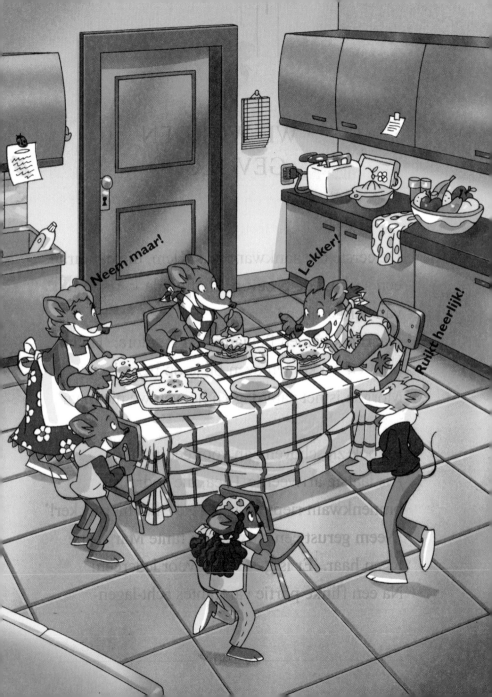

lasagne, sprong Thea energiek overeind en zei:
'We moeten gaan! We hebben een **MISSIE** te
volbrengen!'
'Zal ik hier blijven en voor een lekker dessert
zorgen? Als jullie terugkomen is het klaar!'
Klem, die wel twaalf keer had opgeschept, piepte
met volle snuit: 'Voor mij een **DUBBELE**
portie, wat het ook is, tante Margarine!'
Toen ook hij in de auto was gestapt, scheurde
Thea met piepende **BANDEN** weg, richting de

haven. Ik werd **STOPLICHTGROEN** van angst
en riep: 'Niet zo snel! Rij toch wat langzamer,
Thea! De lasagne komt weer naar boven als je zo
wild rijdt!'
Nadat Thea de auto eindelijk had geparkeerd in
een smal, verlaten **straatje,** gingen we te
poot verder.
Plotseling hoorden we achter ons iets **Schuifelen.**
We bleven staan en luisterden … maar er was
niets meer te horen!
We liepen verder en … daar was het
geschuifel weer!
Thea fluisterde: 'We worden
gevolgd!'
'M-maar w-wie … is het?'
STOTTERDE ik angstig.
'Ik weet het …' zei Benjamin.
'Het is oom Klem!'

W-wie is het?

Pandora giechelde: 'Het is waar! Zijn broek
ritselt, dat is wat we horen!'

'Wat een labbekakknager ben ik toch!' zei Klem
BESCHAAMD. 'Het is waar! Iemand moet mij
op zijn rug nemen!'

En zonder ook maar iets te vragen of te zeggen,
SPRONG hij op mijn rug.

'Gi-ga-geitenkaas! Je bent veel te zwaar, Klem!'

'Doorlopen, neef!'

Thea siste: 'STIL, jullie twee!

Willen jullie dat ze ons horen?'

Ik had het liefst een potje
gemopperd, maar ik liep
muisstil door naar de
haven …

Doorlopen!

EEN METERSLANGE MOTORBOOT

Toen we bij de motorbotenverhuur aankwamen, SISTE ik: 'Klem ga van mijn rug af, ik hou het niet meer!'

Maar Klem verroerde zich niet.

Pandora KEEK me lachend aan en zei: 'Oom G, volgens mij slaapt hij!'

'Wat zeg je?' vroeg ik ONGELOVIG.

De acht-lagenlasagne van tante Margarine had hem gevloerd! Er zat niets anders op, ik moest hem blijven dragen.

Opeens fluisterde Thea: *"OPGEPAST,* er komt iemand aan!'

We verstopten ons achter een stapel kisten en ik

legde Klem neer op een berg zakken.

Er kwamen drie **VERDACHTE** knagers aanlopen.

Thea pakte haar camera en begon foto's te maken (uiteraard zonder **flits!**).

De drie knagers hadden gelukkig niets in de gaten. Ze liepen langs ons naar de aanlegsteiger van de botenverhuurder, en *SPRONGEN* aan boord van een meterslange motorboot. Ze maakten de touwen los en voeren rattenrap weg in de richting van het Vrijheidsbeeld van Rokford.

Ook al was het **DONKER**, ik wist zeker dat ik die drie snuiters eerder had gezien …

AANWIJZING 6

EN JIJ, WEET JIJ WIE DIE DRIE SNUITERS ZIJN?

ROEI, GERONIMO, ROEI!

Thea verloor de drie **VERDACHTE** knagers geen moment uit het oog. 'We volgen ze! We hebben geen tijd te verliezen!'

Ik vroeg: 'Wat doen we met Klem, laten we die hier?'

'Nee, dat kan niet. Hij **SLAAPT** nog steeds, er zit dus niet anders op; jij moet hem naar de boot dragen!' zei Thea.

Ik **SLEEPTE** hem meer achter me aan dan dat ik hem droeg. Wat was hij zwaar! Uiteindelijk kiepte ik hem in de boot die Thea had gehuurd en plofte zelf uitgeput neer ...

SNURK, SNURK!

Benjamin en Pandora sprongen aan boord
en Thea wilde de motor al aanzetten, maar
Benjamin zei: 'WACHT, TANTE THEA,
als je *NU* de motor aanzet,
horen ze ons!'

'Je hebt gelijk, Benjamin! We kunnen beter
roeien! Gerry, je vindt een stukje roeien toch
geen probleem hoop ik? Ik moet FOTO'S
maken …'

Klem lag nog steeds te RONKEN, dus er zat
niets anders op. Met mijn laatste krachten roeide
ik ons naar het Vrijheidsbeeld van Rokford!
We meerden stilletjes aan, op veilige afstand
van de verdachte knagers. En ZACHTJES
slopen we naar ze toe …

Eindelijk, nu konden we die drie LOUCHE
types goed zien! Het waren Snor Snuffelrat,
Knaap Knulknager en Charlotte Sjarmant.

Snuffelrat stond aan de voet van het standbeeld en keek omhoog naar zijn twee kompanen, die omhoog klommen met dikke TOUWEN om hun schouders.

Wat waren ze nu weer van plan?

WIE HET LAATST LACHT,
LACHT HET BEST!

Thea legde alles vast met haar **FOTOTOESTEL**.
Toen de twee aankwamen bij het Vrijheidsbeeld,
riep Snuffelrat naar boven: 'Alles oké?'
Charlotte **ANTWOORDDE:** 'Alles in orde!
Je kunt het licht uitdoen!'
Snuffelrat drukte op een **KNOP** van
een afstandsbediening en de lichten gingen uit.
Hij riep: 'Zet hem op! Maak het karwei af!'
We hoorden geknars en gepiep, het geluid
van katrollen.
Op een gegeven moment zagen we hoe iets
groots, **driehoekigs** en **ZWAARS** in een
soort valluik werd gestort door de drie

criminele knagers.
'Wat een geluk
dat je deze LEGE
opslagruimte ontdekt
hebt, baas!' zei
Knaap opgewonden.
'Dat is de laatste
plaats waar ze
zullen zoeken!' zei
Charlotte.
Snuffelrat zei: 'Kom
op, laten we gaan,
een PRIMEUR als
dit moet onmiddellijk
in de krant. Ik zou
er heel wat voor over
hebben om de snuit
van dat watje van

een Stilton te zien als hij morgen de **VOOR-PAGINA** ziet!'

Lach maar, galgensnuit, dacht ik bij mezelf. Wie het laatst lacht, lacht het best!

De drie renden terug naar hun motorboot. Voor ze weer vertrokken, deed Snuffelrat de lichten weer aan en maakte snel een paar **FOTO'S**.

Toen zagen ook wij wat ze hadden uitgespookt.

Thea was met STOMHEID geslagen: 'Ik weet niet wat ik moet zeggen!'

Natuurlijk nam ze zelf ook nog een foto.

'Wat een doortrapte gangsterknagers!' zei Pandora.

De enige die helemaal niets zei was Benjamin ... en ik wist wat dat betekende: hij zat op iets te broeden.

En inderdaad, even later zei hij: 'Dat kunstje kunnen wij ook!'

'O ja? Hoe dan?' vroeg ik.
'We hebben de TOUWEN
nodig die ik aan boord van onze
boot heb zien liggen, en twee
knagers die geen last hebben van
HOOGTEVREES! Wat zeg
je ervan, tante Thea?'
'Ik vind het best!'
'En jij, oom Geronimo?'
'O... oké ...'

HET UUR VAN
DE WAARHEID

Toen alles achter de rug was (al weet ik nog steeds niet hoe we het allemaal voor elkaar kregen!), werd Klem eindelijk *wakker*. Hij rekte zich uitgebreid uit en vroeg: 'Heb ik iets gemist?'

Maar we hadden geen tijd om hem alles uit te leggen. We moesten **ALS DE BLIKSEM** naar de redactie om voorbereidingen te treffen voor de volgende editie van *De Wakkere Muis*. De rekening kon worden vereffend!

Toen DE RIOOLRAT uitkwam vlogen de exemplaren, zoals inmiddels gewoonlijk, de kiosken uit.

DE RIOOLRAT

BRUTALE DIEFSTAL MIDDEN IN DE NACHT: KAAS VAN VRIJHEIDSBEELD VERDWENEN!

Afgelopen nacht heeft er een brutale diefstal plaatsgevonden, een regelrechte ramp: het belangrijkste symbool van onze stad en heel Muizeneiland is gestolen.

Bij het vallen van de nacht, terwijl alle stadsknagers rustig lagen te slapen, is het stuk kaas uit de poot van het Vrijheidsbeeld ontvreemd.

Daarmee verloren wij een stuk geschiedenis, een cultureel erfstuk. Na afloop van de gi-ga-gantische strijd tussen Kat en Muis, hebben de bewoners

van Rokford het Vrijheidsbeeld gebouwd, als symbool van hun vrijheid. Het beeld draagt een kroon met zeven punten, die de vrijheid van de zeven zeeën verbeelden. In de ene poot houdt ze een boek, waarin het volkslied van Rokford staat, en in de andere poot een stuk kaas. Dit stuk kaas is nu dus gestolen!

Het onderzoek is nog in volle gang. De politie heeft op dit moment nog geen idee in welke richting er gezocht moet worden ...

'Wij waren erbij!' zegt onze misdaad-verslaggever Snor Snuffelrat. Kijk naar de foto's op pagina 2, 3 en 4.

Het **voorpaginanieuws** was ongelooflijk …
Maar toen de **OCHTENDMIST** was opgetrokken
en de haven weer in zicht kwam … werd het
duidelijk dat er iets totaal niet klopte.
'Hé, kijk eens! Kijk naar het STANDBEELD!'
'Maar het stuk kaas zit gewoon op zijn plaats!'
'Maar De Rioolrat zegt dat het gestolen is?!'
'Het is een VERZINSEL! Het bericht is nep!'
Heel snel verzamelde er zich een grote menigte
woedende knagers voor het kantoor van de

Kijk, daar!

Wat?

Het stuk kaas …

krant van Ratja Ratmuis.

Toen Ratja zich in de deuropening vertoonde,
werd ze ontvangen met boegeroep.

'Jullie hebben GELOGEN!'

'Boe voor DE RIOOLRAT!'

'Wij willen ons geld terug!'

Ratja ging rattenrap naar binnen en BRULDE:

'Snuffelrat! Wat heb je aangericht? Je bent ontslagen! Allemaal ontslagen! *Wat ik je brom!*'

De tijd van de waarheid was aangebroken.

HET LEVEN
IS VERRUKKELIJK

Binnen een paar uur brachten onze
vrachtwagens een **speciale editie**
van *De Wakkere Muis* naar alle
uithoeken van Muizeneiland. En
zo werd het verhaal van de nep

PRIMEURS van DE RIOOLRAT
onze primeur!
Ratja Ratmuis deed natuurlijk net of ze niets met
het bedrog te maken had en gaf de **SCHULD**
aan Snuffelrat. 'Ik wist er niets van, *wat ik je
brom!* Ik ben in het ***OOTJE*** genomen! Geloof
me! *Wat ik je brom!*'
DE RIOOLRAT verkocht geen enkele krant meer.

Die middag om **VIER UUR,** ging de telefoon.
Opa Wervelwind! *EINDELIJK* kon er een goed
woordje voor mij af. 'KLEINZOON! DAT IS WAT JE
NOEMT EEN TRIOMF! WEET JE HOEVEEL KRANTEN
WE HEBBEN VERKOCHT? PUIK WERK! ZO MAG IK
HET ZIEN, ACHTER HET NIEUWS AAN! EN BEDENK:
STEL NIET UIT TOT MORGEN WAT JE VANDAAG KUNT
DOEN!'
De HELE middag hing ik aan de telefoon,
las ik faxen en mailtjes van lezers die zich
verontschuldigden dat ze hun abonnement op
de krant hadden opgezegd. Binnen een paar uur
hadden meer dan **DUIZEND** stadsknagers
hun abonnement verlengd of vernieuwd.
Ik ging pas laat naar huis. Het was een lange en
drukke dag geweest. Ik droomde van een warm
bad, iets te eten en een goede nachtrust, maar
toen ik voor mijn huis stond …

'Tante Margarine!' riep ik toen ik
een bekende geur rook: vanille!
'Ja, je bent gisteren niet meer
teruggekomen!'
'Sorry tante, we hadden een soort van
NOODGEVAL ...'
'Ja, ja ... goed, maar ik heb in de tussentijd een
FEESTJE georganiseerd!' zei ze terwijl ze
de deur opende.
Ik liep naar binnen en in mijn zitkamer was
het een drukte van belang, VRIENDEN en
familie aan feestelijk gedekte tafels, klaar om
deze *onvergetelijke* dag te vieren, samen
met mij en ... de heerlijke gerechten van tante
Margarine! Ik was ontroerd.

'Bedankt vrienden! Dit is het
mooiste wat er is: de overwinning
vieren met wie je lief is! Ik zeg
maar zo: het leven is verrukkelijk!'

OPLOSSINGEN VAN DE AANWIJZINGEN

1 WAT ZIJN DE VREEMDE DETAILS DIE GERONIMO OPVIELEN IN DE PREHISTORISCHE TEKENING?

Een van de knagers draagt een horloge, de ander heeft lucifers en de hond draagt een halsband ... allemaal voorwerpen die in die tijd nog niet bestonden!

2 WIE IS DE MYSTERIEUZE KNAGERIN?

Dat is Karina von Fossilen. Wat doet zij in Rokford? Volgens haar antwoordapparaat zat ze toch in Mexico?

3 WIE IS DE MYSTERIEUZE SCHENKER DIE DE RESTAURATIE FINANCIERT?

Snor Snuffelrat heeft de verbouwing van het museum gefinancierd, in ruil voor het interview met Karina von Fossilen over de valse grottekeningen. Karina moest wel meedoen, om het museum te redden dat met sluiting bedreigd werd.

4 WAAROM DENKT GERONIMO DAT SNUFFELRAT ALLES UIT ZIJN POOT HEEFT GEZOGEN?

Omdat het pas tien uur was toen Snuffelrat de melding kreeg van een roofoverval, terwijl in het artikel staat dat om middernacht het alarm afging. Hoe kon het dat Snuffelrat al eerder op de hoogte was van de overval?

5 ZIE JE DE AANWIJZINGEN DIE THEA BEDOELT?

a) De klok geeft middernacht aan. Het uur van de misdaad. Hoe kon Snuffelrat al om tien uur 's avonds van de roof afweten?

b) De kuif van Snuffelrat is te zien, links achter de pilaar. Hoe kon het dat hij daar op het moment van de overval al was?

6 EN JIJ, WEET JIJ WIE DIE DRIE SNUITERS ZIJN?

Snor Snuffelrat en zijn kompanen: Knaap Knulknager en Charlotte Sjarmant.

INHOUD

VERSTOORDE DROMEN   7

WAT EEN RAMP!   10

SCHADE EN VERZINSELS   15

VAN KWAAD TOT ERGER   20

SPRING MAAR ACHTEROP, GERONIMO!   25

DUWEN EN TREKKEN   28

TWEE PRACHTIG BLAUWE OGEN   32

DIT ZAAKJE STINKT!   35

EEN ONVERWACHT CADEAUTJE   38

WIE ZAL DAT BETALEN?   42

IK BEN SNOR SNUFFELRAT   45

DOORGESTOKEN KAART?   53

EEN RUSTELOZE NACHT   56

WIE GELOOFT JOU NOU NOG?   59

RATTENRAP VERGADEREN   62

MIJN NEEFJE ... EEN GENIE!   66

PROFESSIONELE CRIMINELEN?   73

BLA BLA BLA ...   77

WILHELMUS WERVELWIND, OFWEL TORNADO   81

STEL NIET UIT WAT JE NU KUNT DOEN!   86

WE WORDEN GEVOLGD!   90

EEN METERSLANGE MOTORBOOT   95

ROEI, GERONIMO, ROEI!   99

WIE HET LAATST LACHT, LACHT HET BEST!   102

HET UUR VAN DE WAARHEID   106

HET LEVEN IS VERRUKKELIJK   111

OPLOSSINGEN VAN DE AANWIJZINGEN   116

Geronimo Stilton

Serie

1. Mijn naam is Stilton, Geronimo Stilton
2. Een noodkreet uit Transmuizanië
3. De piraten van de Zilveren Kattenklauw
4. Het geheimzinnige geschrift van Nostradamuis
5. Het mysterie van de gezonken schat
6. Het raadsel van de Kaaspiramide
7. Bungelend aan een staartje
8. De familie Duistermuis
9. Echte muizenliefde is als kaas…
10. Eén plus één is één teveel
11. De glimlach van Lisa
12. Knagers in het donkere woud
13. Kaas op wielen
14. Vlinders in je buik
15. Het is Kerstmis, Geronimo!
16. Het oog van Smaragd
17. Het spook van de metro
18. De voetbalkampioen
19. Het kasteel van markies Kattebas
20. Prettige vakantie, Stilton?!
21. Een koffer vol spelletjes
22. De geheimzinnige kaasdief
23. Een weekend met een gaatje
24. Halloween: lach of ik schiet
25. Griezelquiz op leven en dood
26. Gi-ga-geitenkaas, ik heb gewonnen!
27. Een muizenissige vakantie
28. Welkom op kasteel Vrekkenstein
29. De rimboe in met Patty Spring!
30. Vier knagers in het Wilde Westen
31. Geheime missie: Olympische Spelen
32. Het geheim van Kerstmis
33. De mysterieuze mummie
34. Ik ben geen supermuis!
35. Geheim agent Nul Nul K
36. Een diefstal om van te smullen
37. Red de witte walvis!
38. De indiaan met het gouden hart
39. Terug naar kasteel Vrekkenstein

40. De roof van de gi-ga-diamant
41. Oei, oei, ik zit in de knoei!
42. De ontdekking van de superparel
43. Wie heeft Schrokopje ontvoerd?
44. Dertien spoken voor Duifje Duistermuis
45. Het hollende harnas
46. Goud in gevaar
47. De schat van de duikelende dakhazen
48. Duifje, het spijt me!
49. Een monsterlijk mysterie
50. De karatekampioen
51. Schattenjacht in de Zwarte Heuvels
52. De schat van de spookpiraat
53. De kristallen gondel
54. SOS uit de ruimte!
55. Het monster van Lago Lago
56. Een muizenissige kerst in New York
57. Samoerai op ninjajacht
58. Grote griezels: een gruwelsaurus!
59. Rokfords rattige roddelpers
60. Op zoek naar Rode Havik

Ook verschenen:

*   De avonturen van koning Arthur
*   De avonturen van Marco Polo
*   De avonturen van Odysseus
*   De grote invasie van Rokford
*   Fantasia
*   Fantasia II - De speurtocht naar het geluk
*   Fantasia III
*   Fantasia IV - Het drakenei
*   Fantasia V
*   Fantasia VI
*   Fantasia VII
*   Geronimo's kleur- en spelletjesboek
*   Geronimo's Sprookjesboek
*   Het boekje over geluk
*   Het boekje over vrede
*   Het ware verhaal over Geronimo Stilton

* Knaag gezond, Geronimo!
* Knutselen met Geronimo & co
* Reis door de tijd
* Reis door de tijd 2
* Reis door de tijd 3
* Reis door de tijd 4
* Reis door de tijd 5
* Vakantie voor iedereen! (deel 1, 2 en 3)

De kronieken van Fantasia
1. Het Verloren Rijk
2. De Betoverde Poort
3. Het Sprekende Woud
4. De Ring van Licht
5. Het versteende eiland
6. Het Geheim van de Ridders

OERKNAGERS

1. Wie heeft de vuursteen gestolen?
2. Help, het regent stenen!
3. Het pruttelt onder mijn poten

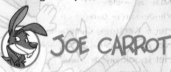

SUPERHELDEN

1. De bende van Ratstad
2. De invasie van de megamonsters
3. De aanval van de krekelwroeters
4. Superhelden tegen de dubbelgangers
5. Het gevaarlijke snotmonster!

Klassiekers
* Alice in Wonderland
* De avonturen van Robinson Crusoe
* De avonturen van Tom Sawyer
* De drie muisketiers (NL)
  De drie musketiers (BE)
* De geheime tuin
* De reis om de wereld in 80 dagen
* De roep van de wildernis
* Heidi
* Het jungleboek
* Het zwaard in de steen (NL)
  Koning Arthur (BE)
* Onder moeders vleugels
* Robin Hood
* Sandokan, de piraat
* Schateiland (NL) - Schatteneiland (BE)
* Twintigduizend mijlen onder zee

JOE CARROT

1. Eén minuut voor middernacht
2. De Vuurpijl
3. De ongrijpbare Rode Klauw
4. Het Duistere Huis
5. Het rupsenraadsel

Stripboeken Geronimo Stilton
1. De ontdekking van Amerika
2. Het geheim van de Sfinx
3. Ontvoering in het Colosseum
4. Op pad met Marco Polo
5. Terug naar de ijstijd
6. Wie heeft de Mona Lisa gestolen?
7. Op naar de prehistorie!
8. Lang leve de Olympische Spelen!

Oscar Tortuga

1. Losgeld voor Geronimo
2. Wie wint Geronimo?
   (Om op te eten...)
3. De schat van kapitein Kwelgeest
4. Blijf met je poten van mijn goud af!
5. Er valt niets te lachen, Stilton!

Alle boeken zijn te koop in de boek-handel of te bestellen via de website.

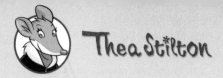

Thea Stilton

Serie

1. De Drakencode
2. De Thea Sisters op avontuur
3. De sprekende berg
4. De Thea Sisters in Parijs
5. De verborgen stad
6. Het ijzingwekkende geheim
7. Het mysterie van de zwarte pop
8. Schipbreuk in de ruimte
9. New York in rep en roer
10. Diefstal op de Oriënt Express
11. Op zoek naar de blauwe scarabee
12. Gekrakeel om een Schots kasteel
13. Een pracht van een smaragd
14. Vijf prima ballerina's

Thea Stilton - Het leven op Topford

1. Liefde in de schijnwerpers
2. Het geheime dagboek van Colette
3. De Thea Sisters in gevaar
4. De danswedstrijd
5. Het supergeheime project
6. De magische muisical
7. Op naar de top

De prinsessen van Fantasia

1. De IJsprinses
2. De Koraalprinses
3. De Woestijnprinses
4. De Woudprinses
5. De Schaduwprinses
6. De Koningin van de Slaap

De Zeven Rozen

1. Het betoverde meer

Stripboeken van Thea Stilton

1. De orka van Walviseiland
2. De schat van het Vikingschip

Ook verschenen van Thea Stilton

* De prins van Atlantis
* Thea Sisters - Muizinnig Doeboek

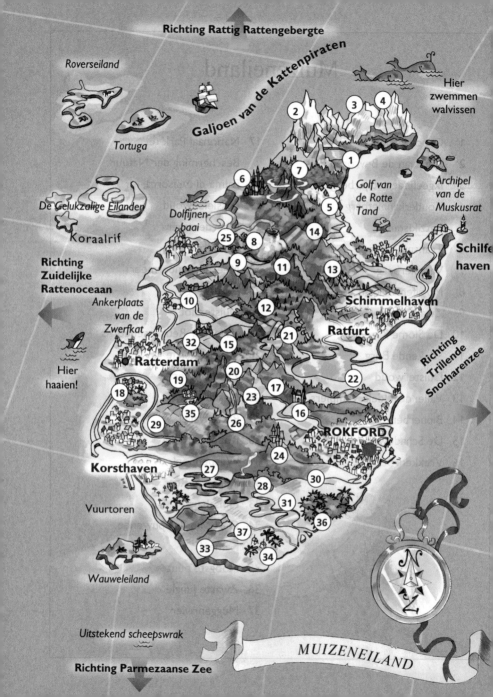

Muizeneiland

1. Groot IJsmeer
2. Spits van de Bevroren Pels
3. Ikgeefjedegletsjerberg
4. Kouderkannietberg
5. Ratzikistan
6. Transmuizanië
7. Vampierberg
8. Muizifersvulkaan
9. Zwavelmeer
10. De Slome Katerpas
11. Stinkende Berg
12. Duisterwoud
13. Vallei der IJdele Vampiers
14. Bibberberg
15. De Schaduwpas
16. Vrekkenrots

17. Nationaal Park ter Bescherming der Natuur
18. Palma di Muisorca
19. Fossielenwoud
20. Meerdermeer
21. Mindermeer
22. Meerdermindermeer
23. Boterberg
24. Muisterslot
25. Vallei der Reuzensequoia's
26. Woelwatertje
27. Zwavelmoeras
28. Geiser
29. Rattenvallei
30. Rodentenvallei
31. Wespenpoel
32. Piepende Rots
33. Muisahara
34. Oase van de Spuwende Kameel
35. Hoogste punt
36. Zwarte Jungle
37. Muggenrivier

De Muis

Stra

1
2
3
4
5
6
7
8
9
10
11
12
13
14
15
16
17
18
19
20
21
22
24
25
26
27
28
29
30
31
32
33
34
35
36
37
38
39
40
41
42
43
44
45
46